Le dedicamos este libro a los que liberan a los animales,
a quienes ayudan a protegerlos,
a los que los acogen temporalmente y a los que los adoptan,
a las sociedades protectoras y a las agrupaciones en su defensa,
así como a los que abogan por leyes que los defiendan.

The Gryphon Press

—a voice for the voiceless—

Joe Hyatt expresa agradecimiento especial a: Carolyn Hyatt, por regalarme hasta la última gota de mi habilidad artística, y por ser mi principal seguidora; muy particularmente agradezco a mi esposa, Tania, por inspirarme cada día a ser un mejor artista y también un mejor ser humano.

Se donará un porcentaje de las ganancias que se obtengan por la venta de este libro a refugios y sociedades protectoras de animales.

Traducido por Natalia Giannini

Diseño de Rachel Holscher
La fuente del texto es Cochin, de Prism Publication Services
Impreso en Canadá por Friesens Corporation

Library of Congress Control Number: 2015953516

ISBN: 978-0-940719-34-7

1 3 5 7 9 10 8 6 4 2

Soy la voz de los que no tienen voz:
a través de mí hablarán los mudos
hasta que el mundo sordo se vea obligado a oír
el grito de los que son débiles por no tener palabras.

—Ella Wheeler Wilcox, poeta de principios del siglo XX

Rufo liberado

Daisy Bix • **Joe Hyatt**

The Gryphon Press

—a voice for the voiceless—

Hace algún tiempo, una familia decidió traerme a vivir a su casa.

Ahora tengo comida en mi plato y agua limpia para beber.

¡A veces me sorprendan con un regalo!

Me llevan a pasear.

Juegan conmigo.

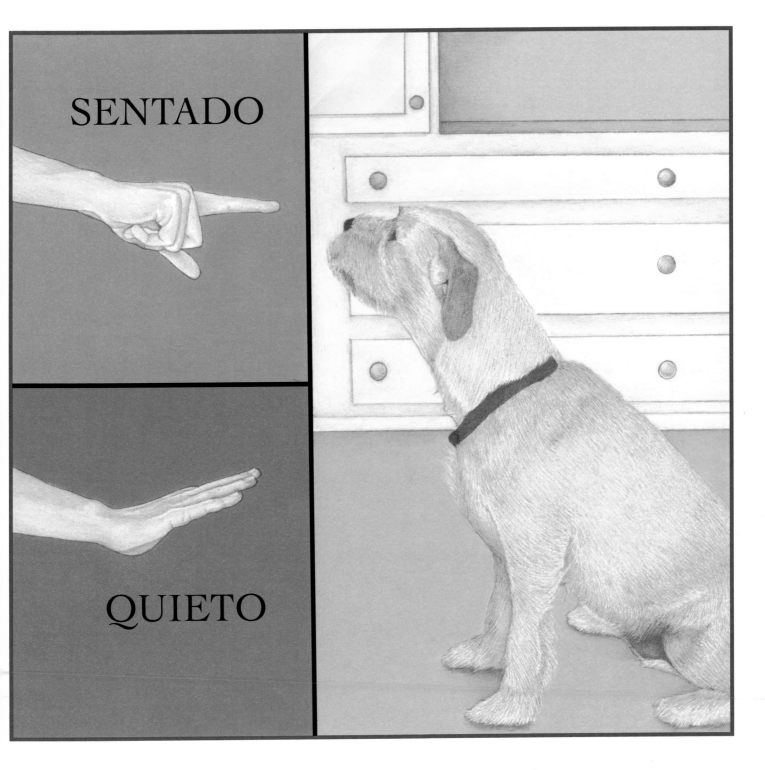

SENTADO

QUIETO

Me enseñan las cosas que quieren que haga.

Antes vivía en un lugar muy distinto,
en el que tenía que dormir solito en el garaje.

Estaba obligado a quedarme afuera todos los días.
Me encadenaban, y cuando llovía me empapaba.

En ocasiones, los niños me lanzaban cosas
y yo no podía defenderme. No sé por qué lo hacían.

Cuando la cadena se enredaba, no podía moverme, ni siquiera
sentarme, hasta que viniera alguien a ayudarme.

Muchas veces se olvidaban de cambiar el agua de mi plato,
que tenía mal sabor, pero era tanta la sed, que igual la bebía.

También se olvidaban de ponerme comida, así que casi siempre
tenía hambre.

Cuando hacía mucho frío, me dolían las patas.

Una vez pasé tanto frío que me acosté y ya no pude levantarme.

Hasta que vino un desconocido y soltó la cadena.

Así me liberó de ese lugar.

Entonces me llevó a un sitio en el que se ocuparon bien de mí.

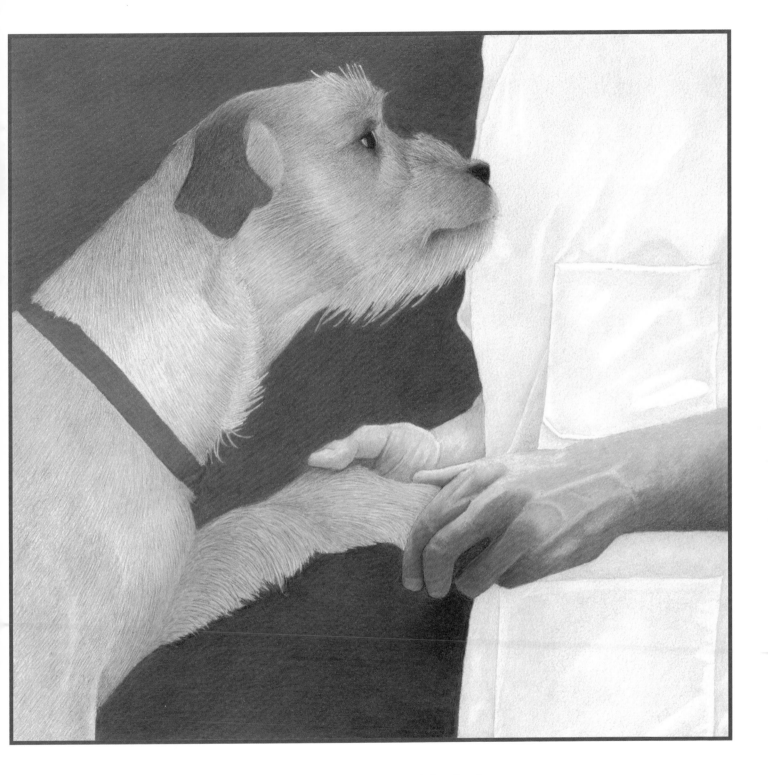

Alguien me cortó con cuidado las uñas,
que estaban tan largas que hasta me impedían caminar.

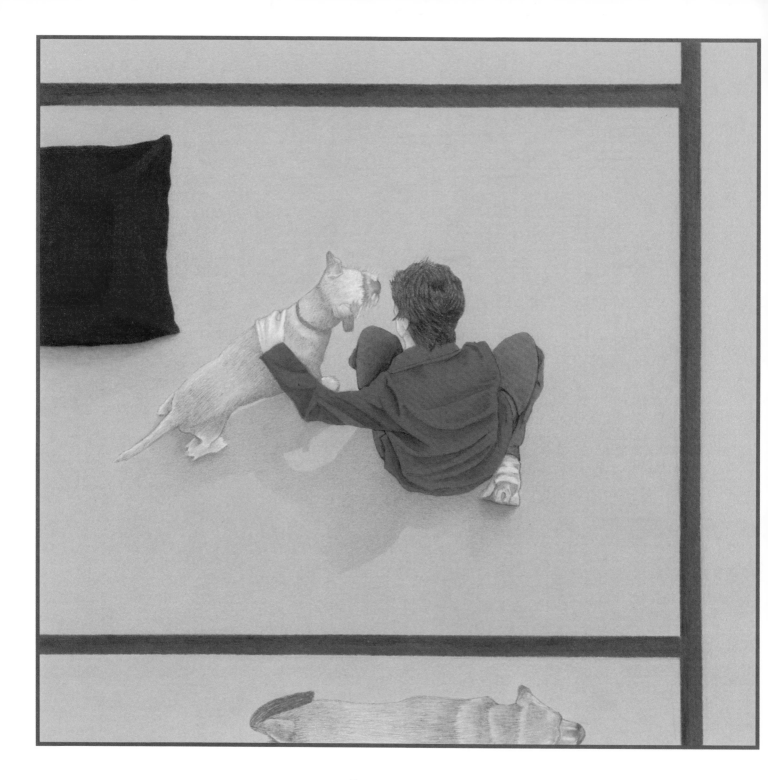

Cuando me recuperé,
me llevaron a un lugar con suficiente agua y comida.

Entonces las personas con las que vivo ahora vinieron a visitarme
y decidieron que fuera parte de su familia para siempre. Me llamaron Rufo.

"Eres un perro bueno, Rufo", me dicen todos los días.
Me acarician y me abrazan.

Ahora tengo amigos que juegan conmigo.

Éste sí es un verdadero hogar, porque ahora lo tengo todo.

Cómo ayudar a otros perros como Rufo

Los perros y los seres humanos

Los perros le ofrecen a su amo o a sus familias amor incondicional, lealtad y el placer de su compañía, pero a cambio necesitan un hogar que les proporcione cariño, comida adecuada y agua limpia, varias caminatas diarias, e intercambios positivos con las personas a su alrededor. No se debe dejar a los perros a la intemperie cuando hay mal tiempo o temperaturas extremas. Si un perro debe permanecer afuera en algunos momentos, deberá ser en un lugar cercado que sea lo suficientemente amplio como para que pueda hacer ejercicio, donde disponga de cobijo contra el calor, el frío, el sol y el mal tiempo, y donde siempre tenga agua para beber.

No ate ni encadene a un perro a la intemperie

Un perro encadenado o atado a la intemperie carece de compañía y no se puede defender; además, se verá obligado a hacer sus necesidades en el mismo lugar en el que está confinado. Los perros que se encuentran en esa situación también suelen ser maltratados, y no disponen del agua y alimento que necesitan. Muchas comunidades cuentan con leyes que prohíben este tipo de maltrato. Si ve un perro que no recibe el cuidado adecuado, no lo ignore; tome cartas en el asunto. Llame a la sociedad protectora de animales o a la agencia para el control de animales más cercana; estas organizaciones conocen las leyes locales y pueden dirigirse al dueño del perro para que solucione el problema, o pueden proponerle que ceda al animal de forma voluntaria para que se le pueda procurar un hogar mejor.

Ofrézcales a otros perros como Rufo la oportunidad de tener una vida feliz

Si su familia desea conocer la satisfacción que brinda tener un perro y ha decidido asumir la responsabilidad que conlleva, considere adoptar uno o convertirse en un hogar sustituto. Hay muchos perros como Rufo que necesitan un hogar adecuado.

Recursos en línea:

Visite www.RedRover.org/Readers para acceder a la Guía de discusión y actividades para Rufo liberado, dirigida a padres y educadores. Este material está disponible tanto en español como en inglés.

Visite el Animal Legal Defense Fund, para obtener una guía de cómo ayudar a algún perro de su vecindario que no reciba el cuidado adecuado o que sea maltratado: http://aldf.org/resources/when-you-witness-animal-cruelty/how-to-help-a-neighbors -neglected-animal/

Descargue la guía de la Sociedad protectora de animales de los Estados Unidos (Humane Society of the United States), donde encontrará información para ayudar a un perro encadenado: http://www.humanesociety.org/issues/chaining_tethering/tips/chaining_guide.html

Visite el enlace de PETA, que proporciona consejos para mejorar la vida de los perros encadenados: http://www.peta.org/issues/companion-animal-issues/cruel-practices/chaining-dogs /helping-chained-dogs/